Namoradas...

Hildebrando A. de André

Ilustrações:
Vincenzo Scarpellini

editora HARBRA

Direção Geral:
Julio E. Emöd

Supervisão Editorial:
Maria Pia Castiglia

Revisão de Texto:
Maria Lúcia G. Leite Rosa

Revisão de Provas:
Carla Castiglia Gonzaga

Assistentes:
Mônica Roberta Suguiyama
Roseli Tomaz de Oliveira

Capa:
Vincenzo Scarpellini

Projeto Gráfico:
Leticia Moura

Fotolitos:
Process Bureau de Pré-Impressão S/C Ltda.

Impressão e Acabamento:
Cromosete Gráfica e Editora Ltda.

Namoradas...

Rua Joaquim Távora, 629
04015-001 – São Paulo – SP

Promoção:
Tel.: [011] 5084-2482 e 5571-1122 / Fax: [011] 5575-6876

Vendas:
Tel.: [011] 5549-2244, 5571-0276 e 5084-2403 / Fax: [011] 5571-9777

ISBN (coleção) 85-294-0223-5
ISBN 85-294-0224-3

Impresso no Brasil *Printed in Brazil*

Namoradas...

Conteúdo

Apresentação 7
Namoradas 8
Maria Marcolina 16
Os Dois Pichadores 22
O Salvamento 30
Premonição 36
Ritinha 42
O Incêndio 50

Apresentação

Segundo os "Parâmetros Curriculares Nacionais de Língua Portuguesa" (PCNLP), os textos escolhidos pelos professores devem oferecer conteúdos sugestivos para uma abordagem variada, percorrendo várias áreas ou disciplinas, e provocando, nos leitores, um proveitoso diálogo. São denominados temas transversais os que oferecem a possibilidade desse amplo uso. Ética, Pluralidade Cultural, Meio Ambiente, Saúde, Orientação Sexual, Trabalho e Consumo etc. "Todos os conhecimentos mantêm um diálogo permanente com outros conhecimentos. Um diálogo que pode ser de questionamento, de confirmação, de complementação, de negação, de ampliação, de iluminação de aspectos não distinguidos."

Os textos da presente obra oferecem esse leque de possibilidades para oportuna e rica utilização nas disciplinas que formam o currículo escolar. Após cada conto, há uma breve orientação para que os professores e seus alunos situem sua observação nos temas sociais sugeridos pelos PCNLP. Os mestres, experimentados na vivência escolar, acrescentarão outras áreas de observação e trabalho, atentos que estão à função de desenvolver a capacidade dos alunos em intervir na realidade e dela extrair uma diretriz para o pleno exercício da cidadania.

Namoradas...

Na quarta-série, com dez anos, ele tinha uma namorada secreta: a professora. Observava-a com encantamento. Era muito bonita, tinha pele macia, cabelos negros e ondulados. Os olhos, ah os olhos! Diante deles, o garoto sentia-se iluminado, preso. Ficava a contemplar a mestra, embevecido.

Um dia a professora, aproximando-se dele, alisou-lhe suavemente os cabelos e disse:

– Garoto inteligente!

Ele nunca mais esqueceu aquele gesto de carinho. E passou a esforçar-se mais, para que a professora voltasse a elogiá-lo. Depois, na quinta-série, havia uma professora que lhe chamara a atenção, mas de outro modo. Os lábios carnudos, a silhueta dos seios, os quadris. As coxas que ele procurava devassar espreitando o movimento das pernas sob a mesa. Como seria bom ter uma namo-

rada como aquela!... Mas foi na sexta-série que sua observação se tornou mais comprometedora. Os colegas comentavam muito. Falavam dos seios, das nádegas e, maliciosamente, do que não viam, mas desejavam ver. Rubinho ouvia, observava. E, quanto mais observava, mais ficava apaixonado pela professora de História. No pátio, os garotos às vezes conversavam sobre ela. Excitavam-se com as imaginosas descrições do corpo da mestra. Rogê, o mais alto da turma, comandava o falatório e, intercalando palavrões, fazia gestos obscenos. Rubinho detestava a atitude de Rogê. Ele era um grosseiro, e a professora, tão delicada. Sentiu até vontade de defendê-la.

No meio do ano letivo, Rubinho sentou-se perto de Sônia, uma garota que já várias vezes olhara para ele e viera conversar. Mas Sônia, quatro anos mais velha, não parecia ligada como ele às coisas do sexo. Foi o que ele supôs. Conversavam sobre assuntos escolares, lições, tarefas, pesquisas no computador. Um dia, Rogê lhe disse entre insinuante e irônico:

– Garoto bobo, a Sônia está louquinha por você. Vai nessa. Trabalhe a menina, você tem chance de ser o primeiro.

Rubinho não entendeu bem, mas sorriu. Depois ficou pensando nas palavras do Rogê. E sentiu-se orgulhoso de estar numa posição que os colegas com certeza invejavam. Ele era o candidato a transar com a Sônia?... Tratou então de ser mais agressivo e escreveu um bilhetinho para a colega, declarando-se apaixonado e pedindo um encontro especial. Marcou até a hora e o local: no

Shopping Center, às 16 horas. Sônia nem respondeu. Não estava interessada. Para ela, garota mais experiente, Rubinho era apenas um colega que lhe fazia alguns deveres de casa.

– Ele é um garotinho boboca. Precisa crescer mais.

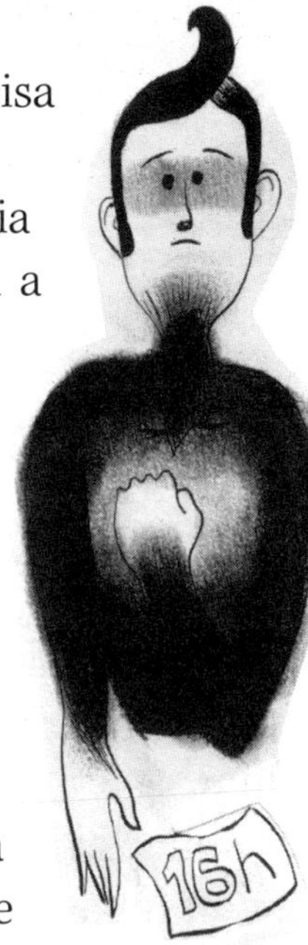

Rubinho ficou sabendo o que Sônia dissera. Sentiu-se humilhado e passou a ficar longe dela. Informaram que Sônia já tinha namorado, um esportista do terceiro ano colegial, famoso no bairro.

Sônia não era a garota santinha que ele imaginara. Ao contrário, viajava nos fins de semana com o esportista e dormiam juntos. Não tinha mesmo tempo de fazer os deveres de casa impostos pela escola; por isso é que se valia de Rubinho. Na escola ninguém tinha um computador tão poderoso como Rubinho. E ninguém entendia mais de Internet do que ele.

O afastamento de Sônia deixou Rubinho mais precavido. Não iria expor-se de novo com garotas mais velhas. Passou uns tempos mais calado, magoado. Sônia o havia desprezado. Jurou a si mesmo que nenhuma garota o humilharia dali em diante. Sentiu um desejo de vingar-se. Por que ele também não faria o mesmo com as meninas que pretendiam ser suas namoradas?

Na aula, o professor de Ciências deu um trabalho para ser feito em grupo: uma pesquisa sobre o ecossistema do

Pantanal do Mato Grosso do Sul. Rubinho, pela Internet, colheu farto material para os colegas. Além de textos informativos, muitas ilustrações de rios, vegetação, aves e animais. Em reunião, cada participante do grupo recebeu uma parte das pesquisas iniciais. Coube a Rubinho compor uma história, um texto de ficção.

– Já estive no Pantanal várias vezes – falou Rubinho. – Meu tio mora lá e andei com ele por toda a região. Vai ser fácil.

– Você já tem uma história na cabeça? – perguntou Maria Clara, participante do grupo.

– Tenho. Só falta escrever. Vou contar uma viagem que fiz no ano passado, num momento em que as coisas não andavam nada bem em minha casa...

– Você sabe que eu também já fui ao Pantanal? – informou Maria Clara.

– Então vou colocar você na minha história. Personagem especial. Pode ser?...

– Que honra! – respondeu agradecida a garota.

Rubinho olhou para Maria Clara. Ela estava sendo sincera. Tinha os olhos atraentes e doces. Rubinho viu-a com simpatia.

Uma semana depois, o grupo se reuniu para apreciar as pesquisas de cada um e reunir todo o material num só trabalho.

– Estou ansiosa por ler sua história – falou Maria Clara.

E leu:

"Tenho um parente em Corumbá, que possui, na beira do rio Paraguai, um pequeno barco para servir turistas. Em julho, ele me convidou para passar um mês na casa dele. Aceitei logo, não só por ser uma ocasião para conhecer o Pantanal, como porque a situação em casa estava preta por motivos de desemprego e falta de dinheiro. Achei bom fugir de São Paulo. Todos em casa nervosos, discutindo, brigando.

Daqui a Corumbá é longe toda vida, mais de um dia de ônibus e trem. Mas valeu a pena. Há muitos bichos no Pantanal: jacarés, capivaras, pacas, lagartos etc. Especialmente aves: garças de todos os tipos, colhereiros, tuiuiús, tucanos, marrecos, patos, gaviões, periquitos etc. Aves miúdas, nem se fale. Os rios e lagoas estão cheios de peixes, especialmente piranhas. Foram trinta dias maravilhosos. Ficamos no rancho do Severino, um nordestino muito conhecido lá e grande amigo da natureza. O Severino fez questão de subir o rio Paraguai e outros rios menores conosco em sua canoa. Contou muitas passagens da vida dele ali no Pantanal, mostrou-nos de tudo, como se pesca, como vivem os animais, o que os homens já fizeram para acabar com a natureza... Fiquei chocado com uma cena que vimos. Um caminhoneiro parou seu veículo na estrada e, tomando o revólver, foi matar um jacaré que estava dormindo na beira de uma pequena lagoa. Matou e riu satisfeito, continuando depois a viagem. O Severino falou que aquilo era comum, e que nada se fazia para impedir. Os poucos guardas têm medo desses monstros que matam bichos sem motivo nenhum.

No final de minhas férias no Pantanal, eu já estava muito cansado. Lembro-me de que, na última noite, fui dormir mais cedo. E tive um sonho. Estava andando pela margem de uma lagoa e vi, a certa distância, uma cabana coberta de sapé. Da janela, uma garota acenava para mim, chamando-me. Aproximei-me. Nunca havia contemplado uma menina tão linda. Ela estava nua. Disse que se chamava Maria Clara e estava me esperando há muito tempo. Depois saiu correndo em direção à lagoa, acenando para que eu a seguisse. Ela mergulhou na lagoa e, levado por estranha força, eu também mergulhei. Encontramo-nos sob as águas e nadamos juntos. O corpo dela era como de uma sereia. Ela me abraçou e, quando ia me beijar, acordei..."

Temas transversais

Ética

De que modo Rubinho se relacionava com a professora?

Faça uma apreciação em torno do comportamento social de Rubinho e das demais personagens: Rogê, Sônia e Maria Clara.

A escola foi para Rubinho um lugar em que a realidade o ensinou a entender melhor a própria vida e a dos outros?

Meio Ambiente

Comente a frase: "A escola deve ser um ambiente em que os alunos aprendem a interagir com os demais colegas".

Na aula de Ciências, os alunos, em grupo, fizeram um trabalho sobre o ecossistema do Pantanal mato-grossense. Rubinho compôs uma narrativa em primeira pessoa, chamada de narrador-personagem. E nela apreciou a natureza do Pantanal (fauna e flora).

Como Rubinho sentiu o relacionamento homem-natureza, no caso do caminhoneiro que matou o jacaré?

Orientação Sexual

De que modo evoluiu o comportamento sexual de Rubinho? Essa evolução deu a ele uma compreensão mais acertada com relação ao papel do sexo na vida humana?

Maria Marcolina

Trabalhava como vigilante para um deputado. Começara humildemente, simples guarda de residência. Depois, fizera um curso especial de vigilante numa firma no bairro de Santana. O patrão é que lhe financiara as despesas. Marcolina havia conquistado a confiança do parlamentar que, para proteger-se, organizara um forte esquema de segurança em sua residência. Além dos altos muros, o portão de entrada só podia ser acionado por meio de comando eletrônico cujo segredo era do conhecimento de poucos. Um circuito interno de TV alcançava a entrada e os arredores da luxuosa mansão. Marcolina tinha por função permanecer de plantão diante das câmaras para controlar o movimento das pessoas que entravam ou saíam.

Era praticamente impossível a um assaltante invadir a residência.

Marcolina, entretanto, vivia inquieta. Não pelas tarefas que exercia, mas por uma preocupação cada vez maior: a segurança da mãe e do irmão menor que continuavam morando num barraco da favela. O patrão lhe havia prometido trazê-los para uma casa melhor, ali perto do bairro. Enquanto aguardava, Marcolina tomava algumas precauções. Só visitava a mãe e o irmão à noite, disfarçada. Se os marginais, que se homiziavam na favela, descobrissem seu trabalho na casa do deputado, seus parentes seriam seqüestrados para pressioná-la...

E foi o que aconteceu. Quando retornava, de manhã, para assumir seu emprego de vigilante, dois indivíduos a abordaram, obrigando-a a entrar num automóvel. Eram dois sujeitos bem vestidos que, pela aparência, de modo algum seriam julgados assaltantes. Tinham até um motorista uniformizado, que guiava aquele carro importado, de luxo. O carro retornou à favela. Dois seqüestradores dentro do barraco. A mãe e o irmão de Marcolina amarrados, sob a mira das armas de fogo.

– Trouxemos você aqui para mostrar que não estamos brincando. Se você quiser salvar sua mãe e seu irmão, vai fazer tudo o que mandarmos.

Marcolina iria entrar na residência do deputado e abriria as portas para o carro dos bandidos. Assim foi feito. Para surpresa de Marcolina, mais dois assaltantes apareceram.

Um dos marginais, que entendia muito bem do sistema eletrônico de segurança de toda a residência, exigiu que Marcolina fizesse normalmente seu trabalho. Se tentasse alguma coisa diferente, seria fuzilada. Enquanto isso, os três assaltantes adentraram os cômodos da casa. Amarraram o deputado, sua esposa, os dois filhos e duas empregadas e os amordaçaram.

Marcolina estava sob a mira de perigoso bandido e obedecia às ordens dele. Aquele bandido estava muito informado; alguém havia passado a ele todo o esquema dos aparelhos e seu funcionamento. Marcolina não ficou amedrontada; antes, estava atenta a todos os gestos dos bandidos e, se houvesse oportunidade, ela aproveitaria. Os bandidos agiam depressa. Via-se que pretendiam permanecer ali apenas o tempo necessário. Depois de anular a ação dos familiares e dos empregados, foram diretamente aos lugares em que havia jóias e dólares. Roubaram tudo o que encontraram e, já no carro, Marcolina recebeu a ordem de abrir as portas de entrada e o portão para eles. Ouviu-se o barulho dos pneus do carro que saía em velocidade. Raciocinando rapidamente, Marcolina percebeu que o último ato do bandido que a dominava seria matá-la. Então, resolveu arriscar-se. Num canto da mesa, havia um botão que desligava todo o sistema elétrico. Marcolina, disfarçadamente, estendeu a mão direita como para ajeitar um dos monitores e, com a esquerda, apertou o botão. As luzes se apagaram. Imediatamente, Marcolina atirou-se sobre o bandido, com as garras no pescoço dele, buscando dominá-lo. O celular, com o qual o marginal se comunicava com os que mantinham seqüestrados a mãe e o irmão, caiu e Marcolina o esmagou com os pés. Mas o marginal, ainda de revólver em punho, atirou ferindo gravemente a vigilante, depois fugiu. Cambaleante, Marcolina religou a aparelhagem e deu um alarme geral. Depois correu para socorrer o patrão. Já sem forças, ainda contou a ele o que acontecera, pedindo-lhe que cuidasse que sua mãe e seu irmão não fossem mortos. Depois, esvaindo-se em sangue, caiu.

Temas transversais

Ética

As personagens da história – deputado, Marcolina e seus familiares na favela, os marginais assaltantes – ocupavam a mesma posição social e seguiam os mesmos princípios éticos?

O relacionamento entre eles se baseava no respeito mútuo, na justiça, no diálogo e na solidariedade?
Quais as causas do comportamento de cada um deles?

Pluralidade Cultural

Seria possível a coexistência pacífica entre personagens tão diferentes?
O que poderia ser feito para essa coexistência?

Meio Ambiente

A casa fortificada do deputado e a favela em que morava a mãe e o irmão menor de Marcolina mostram um meio ambiente em que a vida humana é insegura, corre contínuo perigo. Poderia uma cidade ter paz e progresso em tais ambientes?
Qual seria o meio ambiente ideal para a vida dos cidadãos?

Trabalho

Maria Marcolina preparou-se para exercer uma profissão importante e, de fato, era competente. Tinha, no trabalho, um caminho ideal para sua realização como cidadã. Entretanto, os assaltantes, que substituíram o trabalho honesto pela violência criminosa, destruíram a vida e o futuro de Marcolina. O que representa a violência e o crime na cidade?

Os Dois Pichadores

Estavam os dois garotos pichadores muito tranqüilos fazendo seu habitual trabalho. De *spray* em punho dirigiam os jatos de tinta de um lado para outro, de cima para baixo. De vez em quando, tentavam uma curva, tiravam o dedo do botão compressor parando o jato e mudando de direção. Eram duas horas da manhã. Não havia guarda nenhum e poucos eram os veículos que transitavam pela avenida. O monumento que os garotos pichavam havia sido inaugurado há pouco. Era uma homenagem aos imigrantes japoneses e às quatro gerações de seus descendentes. Cada geração era representada por uma secção do monumento: uma placa de concreto que artisticamente se desprendia do solo e, em graciosa curva sobre si mesma, ia-se ascendendo até alguns metros. Quatro placas enormes, colocadas em fila, simbolizando as quatro gerações de

descendentes de imigrantes japoneses. Eram pesadas, mas graças à genialidade dos artistas, produziam a impressão de leveza. Sobretudo sua ascensão ajudava a criar a mensagem: a integração dos japoneses no progresso de São Paulo.

– Está uma moleza, cara – disse Reinaldo ao colega. – Vou subir e pichar bem lá no alto.

Quando Reinaldo estava pichando na parte superior do monumento, surgiu inesperadamente uma perua da polícia. Acendeu os faróis e quatro policiais deram ordem de prisão aos pichadores.

Na delegacia, levaram umas bordoadas de um policial e foram encaminhados ao escrivão, que lavrou a ocorrência e tomou os dados pessoais de cada um. O delegado passou uma descompostura nos pichadores e mandou que a perua da polícia os levasse para casa. Eram menores, e a falta deles não fora assim tão grave. Foi o que o delegado explicou aos patrulheiros. Os pais deveriam comparecer à Delegacia em horário determinado pela autoridade: teriam que pagar multa e providenciar a limpeza do monumento.

Reinaldo e Alcides estavam acostumados com o incidente. Já não era a primeira vez, nem seria a última. Enquanto fossem menores, continuariam a pichar.

– Até que desta vez nóis apanhou pouco – falou rindo Alcides.

– O diabo é que ficamo sem os tubo de tinta.

– Amanhã nóis roba outros.

– Os colegas vão ver nossa marca no monumento. Fomos os primeirão.

Dois dias depois, na lanchonete da Avenida Santo Amaro que o grupo de pichadores freqüentava, Reinaldo e Alcides sentiram-se realizados: todos comentavam a façanha. O monumento aos japoneses havia sido batizado pelos dois heróis. Lá estavam as marcas, um desengonçado A ao lado de um R disforme que mais parecia um B ou um Q.

Um repórter apareceu na lanchonete e entrevistou os pichadores.

– Faz tempo que vocês são pichadores de muro?

– Pichador de muro não. Nóis só picha monumento.

– Por quê?

– Porque as pessoas olha sempre os monumentos e vê a nossa marca.

– Vocês não acham que estão sujando os monumentos da cidade?

– Quem suja são os políticos, mas ninguém fala nada.

– O que vocês ganham com as pichações?

– Nada. Mas é legal subir na parte mais alta de uma estátua e deixar lá nossa marca.

– Por que vocês não fazem grafite em vez de pichar?

– Grafite custa caro. E não dá fama nenhuma.

– Mas que fama? Alguns dias depois tudo acaba...

– Entre os pichadores não acaba não, fica para sempre.

– O que o delegado diz para vocês, quando os prende?

– Dá uma bronca e multa os pais. Multa mixuruca.

– Onde vocês moram?

– No Copan. Lá que comecemos a pichar.

– Qual o próximo monumento?

– Segredo de guerra, cara. Aqui em São Paulo já pichemos quase tudo. Esse bonecão aí da avenida Santo Amaro tem nossa marca. Tire uma foto dele pro seu jornal. A catedral da Sé, a estação da Luz, aquele monumento dos bandeirantes no Ibirapuera também. Ontem pichamos aquele bonecão na entrada do Parque Ibirapuera, parece que é o Pedro Álvares Cabral. Usei um *spray* colorido. Ficou muito legal.

Reinaldo e Alcides sentiram-se realizados. Os outros pichadores, que assistiam à entrevista, também foram fotografados e, no dia seguinte, viram a foto no jornal e leram a reportagem. Reinaldo e Alcides, sorridentes, anunciaram que tinham um plano ambicioso: pichar o Cristo Redentor no Rio de Janeiro.

Seria uma façanha difícil, mas gloriosa para os dois garotos. Alcides já fora morador do Rio de Janeiro e conhecia bem o Corcovado e a região ao redor do Cristo

Redentor. Sabia também que havia muitos guardas. De dia seria tarefa impossível. À noite, talvez conseguissem.

Num sábado, tomaram o ônibus e, no Rio, foram imediatamente visitar o Corcovado. Ficaram por lá estudando o que fazer, especialmente sondando o movimento dos guardas. Às dezoito horas, desceram e se esconderam na mata. Haviam levado um pequeno despertador que os acordou às três horas. Tudo estava escuro, mas não havia ninguém por lá, exceto um guarda que ficava vigiando. Mas o guarda estava plantado nos degraus iniciais da longa escadaria que conduzia à estátua do Cristo Redentor. Os dois garotos, sorrateiramente, pularam o pequeno muro e foram, valendo-se da sombra, subindo até o pé do Cristo. Cautelosos, acionaram os *sprays* e deixaram a marca na parte inferior do monumento. Foi quando soou um alarme. O guarda localizou com a lanterna os pichadores que já haviam pulado a mureta e fugiam em direção à mata. Outros guardas apareceram e iniciaram a perseguição. Ouviram-se tiros e alguns gritos. Os guardas retornaram e, em breve, tudo voltou ao silêncio.

No dia seguinte, os jornais do Rio estamparam a pichação feita no Cristo Redentor. Um sacrilégio, uma afronta à religião e à cultura dos cariocas. Que marginais haviam perpetrado o abominável crime? Com sua linguagem demagógica, buscavam instigar a indignação dos moradores da Cidade Maravilhosa... Aquela era uma notícia fantástica para a mídia; devia ser explorada por muitos dias.

Desde então, em São Paulo, nos monumentos não mais apareceu a marca AR.

Temas transversais

Ética

Por que os pichadores picham muros, casas, monumentos? Não têm eles consciência de que agridem o direito dos demais cidadãos?

Pluralidade Cultural

O monumento aos imigrantes japoneses em pleno centro de São Paulo é um símbolo de como o Brasil é um país democrático, que acolhe a todos os grupos e culturas. Nos bancos escolares, os estudantes podem conviver com colegas das mais variadas origens. Estão todos integrados aos mesmos costumes? Comente.

Meio Ambiente

Os garotos que, na calada da noite, reúnem-se para sujar os monumentos, transformam-se em agentes de degradação do ambiente urbano. Além disso, atentam contra a memória da cidade e do país, mostrando um estranho desprezo pelo significado dos monumentos, que são representativos de momentos importantes da História e dos homens e mulheres ilustres que praticaram feitos notáveis. Discuta com seu grupo o sentido dos monumentos públicos como símbolos que guardam a memória do nosso passado.

Saúde

Os pichadores, mais do que punições, precisam de orientação psicológica. E à família e à escola cabe dar a oportunidade aos alunos de refletir sobre o mau comportamento dos pichadores, comportamento que não deixa de ser uma espécie de doença que carece de tratamento.

Pesquise em sua cidade sobre as instituições e centros de saúde que auxiliam adolescentes, tanto do ponto de vista da saúde física quanto da saúde emocional.

O Salvamento

Desde os oito anos de idade, Kato freqüentava as piscinas do clube. Gostava de nadar. Aos dez anos, ganhou o primeiro troféu, concorrendo com garotos de mais idade que ele. Aos doze anos, venceu a maratona em nado de resistência, permanecendo nas águas durante duas horas. Tornou-se famoso no clube. Uma estante especial, em seu quarto, ficou repleta de troféus ganhos em diversas competições.

Kato tornara-se um garotão forte, com certeza um futuro campeão. Todos o admiravam. Além de praticar natação, ele gostava de corridas, especialmente as mais longas. Ninguém diria que ele, com aquele corpo de atleta, estava apenas com quinze anos. Morava na Vila Prudente e costumava correr toda a rua do Orfanato, até a divisa com o Ipiranga, por onde passa o rio Tamanduateí. Foi numa dessas ocasiões que desabou uma tem-

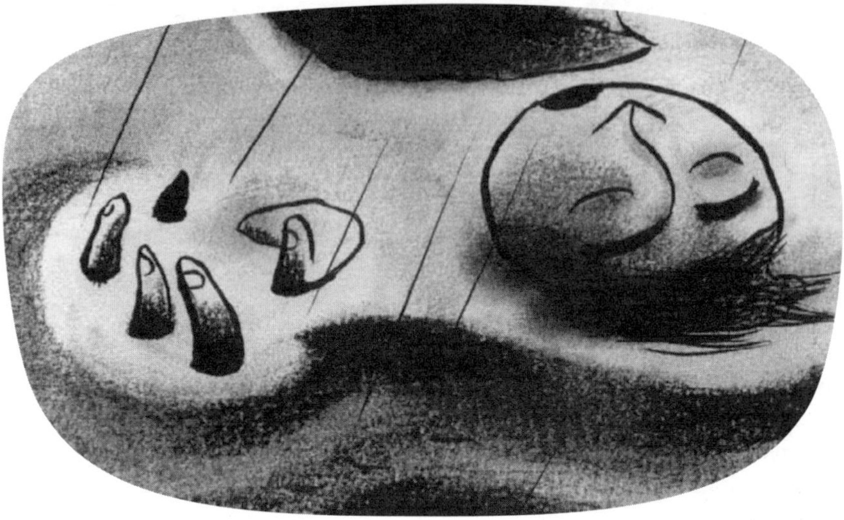

pestade sobre a região. Em vinte minutos, as ruas ficaram alagadas. Formou-se uma perigosa correnteza que descia vertiginosamente pela rua do Orfanato. A chuva caía volumosa, impedindo a visibilidade. Kato, abrigado em um armazém, notou que uma pessoa era arrastada pelas águas e se debatia inutilmente. O garoto não pensou duas vezes. Atirou-se às águas. A vítima, porém, já havia sido arrastada para longe. Talvez já estivesse próxima do rio Tamanduateí. Kato acelerou seus impulsos, buscando a correnteza mais forte. Muitas pessoas, ao longo das calçadas, assistiam pasmas à ousadia do garoto.

No largo Padre Damião, Kato avistou a pessoa sinistrada, a uns vinte metros. Alguns repórteres estavam com suas câmaras fotografando as águas, ali mais revoltas, bem próximas do rio. Kato, com braçadas decididas, em breve alcançou o corpo. Agarrou-o e procurou firmar-se na grade de ferro que guarnecia o canal de desembocadura das águas pluviais no Tamanduateí. Se não conseguisse, o final seria trágico, pois ele sentia-se quase sem forças. Permaneceu agarrado à grade, segurando o corpo do afogado. Era um senhor de idade e jazia desacordado. Com grande esforço, Kato foi erguendo o corpo e procurando galgar a grade em ponto cada vez mais alto. Algumas pessoas aproximaram-se e lançaram uma corda. Foi assim que Kato conseguiu sair daquela heróica aventura.

Ninguém deu a Kato um troféu, mesmo porque não fora uma competição. Ele mesmo é que colocou, entre seus troféus, uma recordação que valia mais do que todos: uma fotografia dele nadando pelas águas revoltas já próximo de agarrar o corpo do homem que ele conseguiu salvar.

Temas transversais

Ética

A pergunta ética por excelência – dizem-nos os grandes educadores – é: "Como agir perante os outros?"

Entre os valores éticos está solidariedade. Kato, personagem da história, salvou o homem que estava prestes a se afogar. Arriscou a própria vida. Nem todos conseguem uma preparação física e psicológica no nível do herói; mas ajudar os que precisam de nós, sempre podemos. Essa é a solidariedade.

Além de Kato, outras pessoas também revelaram ser solidárias. Quais foram?

Pluralidade Cultural

Kato, pelo nome, é descendente de japoneses. Seu gesto de heroísmo, entretanto, poderia ter sido praticado por qualquer um dos muitos descendentes de estrangeiros que vivem entre nós, integrados com nossa cultura. Poderia ter sido praticado por um paulista, um baiano, um amazonense, um gaúcho etc.

Na escola brasileira, os alunos convivem pacificamente, e nem sequer pensam que têm origens étnicas diferentes. Em que sentido essa diversidade sócio-cultural é positiva para o Brasil?

Meio Ambiente

Os moradores da Vila Prudente, pelo que se depreende da história lida, sofriam com as enchentes e suas conseqüências. O espetáculo descrito da chuva intensa e da enxurrada que ganhou a força de um rio caudaloso devia ocorrer com freqüência pelas ruas mencionadas. Mas a população estava alerta para prestar socorro; até os jornais mantinham seus repórteres sempre atentos aos acontecimentos inusitados.

O que as autoridades municipais e estaduais devem fazer para minimizar os efeitos dos grandes estragos causados pelas enchentes?

Saúde

É importante realçar que o preparo físico de Kato é que lhe deu a possibilidade de ter o desempenho de um herói. Desde pequeno Kato cuidou do seu corpo. A vida saudável, os exercícios físicos devem ser cultivados, a par de uma alimentação rica.

Os jornais às vezes noticiam que alguns esportistas, desejando ter musculatura avantajada e corpo atlético, tomam drogas. Qual a sua opinião sobre o comportamento de tais esportistas?

Premonição

O garoto tomava café. O pai saíra em seu carro para o Aeroporto. Tinha viagem marcada para o Rio de Janeiro, naquele mesmo dia 28, horário das oito da manhã. Enquanto recolhia o material escolar, Airton escutou o barulho do jornal lançado contra a porta da sala. O jornaleiro fazia isso todos os dias àquela hora.

Airton apanhou o jornal e, logo na primeira página, espantou-se com a manchete: **Jato da ponte aérea cai sobre as casas de bairro residencial próximo do aeroporto. Nenhum sobrevivente.** Depois vinham outras informações. Era um avião da ponte aérea Rio-São Paulo, que havia decolado às 8 horas de Congonhas, conduzindo altos funcionários do governo e executivos de importantes firmas. Várias fotos mostrando cenas devastadoras: o avião em chamas, destroçado, casas deste-

lhadas. Numa das partes da fuselagem o prefixo do avião: PP4Y. Airton levou um choque, era o mesmo vôo de seu pai. Mas o pai apenas acabara de sair... Com certeza a notícia referia-se ao dia anterior.

Espontaneamente, o garoto olhou a data no jornal: 29 de agosto. Entretanto, estavam no dia 28, e não 29... O jornal não era daquele dia, mas do dia seguinte... Desnorteado, Airton abriu a porta que dava para a rua. Tudo estava tranqüilo. Estranhou, porém, a placa com o nome da rua: Rua PP4Y. Aquele era também o prefixo do avião sinistrado... Voltou para a sala e examinou novamente o jornal. Outro espanto. Não era mais o mesmo jornal. A começar da data: 28 de agosto. E a manchete nada tinha a ver com o desastre anunciado do avião da ponte aérea. Ao contrário, tinha só notícias que interessavam aos leitores do dia 28.

Airton esfregou os olhos. Estaria sofrendo de alucinações? Foi verificar novamente a placa com o nome da rua. Não estavam mais as letras do prefixo do avião, mas o conhecido nome: Rua Barão de Jaceguai. Meu Deus! – desesperou-se o garoto... Apanhou o telefone e ligou para o aeroporto. Mas, antes que a ligação se completasse, a sala se iluminou de uma luz azulada. Airton sentou-se aturdido. No centro da luz, foi-se formando uma figura humana: seu pai. Estava envolto numa auréola, com os santos da igreja. O pai olhava para ele, e nada dizia. Ficaram assim por uns instantes. Depois a visão foi-se desfazendo e sumiu.

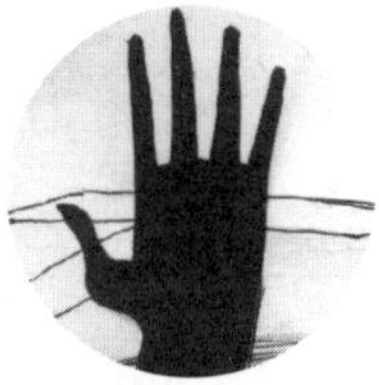

Temas transversais

Ética

Os jornais têm importante papel na sociedade: por eles os cidadãos tomam conhecimento das várias atividades sociais. As notícias, boas ou más, uma vez conhecidas, unem os cidadãos numa análise comum de tudo o que acontece de relevante na região, no país e no mundo. Muitas ações práticas daí decorrem, tanto de parte das autoridades como de cada um dos cidadãos. Os jornais ajudam a formar comportamentos individuais e sociais.

Como os jornais, as escolas oferecem muitas informações para que os alunos reflitam sobre o comportamento das pessoas na sociedade, valorizando o que é fundamental no comportamento social: a solidariedade, o diálogo, a justiça.

Trabalho – Saúde

Os que viajavam no avião sinistrado eram executivos, altos funcionários do governo. Um grupo que socialmente estava numa posição de destaque. A fatalidade, porém, interrompeu os planos de trabalho de todos. Em todas as atividades há percalços, mas nem sempre podem ser evitados. Por isso, a legislação trabalhista estabelece pensões e indenizações dos mais variados tipos, para que os familiares não fiquem abandonados, mas continuem tendo uma vida digna. A própria companhia de aviação, responsável pelo avião, é obrigada por lei a pagar indenizações.

Em todas as atividades de trabalho pode haver situações de algum risco para a saúde. Na escola, os estudantes devem discutir o problema, buscando apontar de que modo agir para minimizar tais riscos e suas possíveis conseqüências.

Estilo Fantástico

O narrador optou por um estilo, muito freqüente hoje nos contos literários, o fantástico. Essa maneira de narrar, longe de distorcer os fatos reais, realça-lhes o mistério, o sentido trágico da vida humana em momentos particularmente dramáticos.

No conto há vários momentos em que o fantástico predomina. Cite um deles.

Ritinha

Ritinha passava todas as tardes em frente à escola. Morava na favela chamada Água Espraiada. Às vezes sozinha, às vezes de braço dado com um companheiro. Os alunos todos sabiam que Ritinha fornecia droga e fazia programas com quem pagasse. Alguns entre os estudantes, consumidores de craque, abasteciam-se com a garota. Não tinham, porém, coragem de transar com ela. No meio em que ela vivia, com certeza dormia com qualquer um e já devia estar com AIDS e outras doenças graves. Mas, olhando-a, Ritinha estava ainda em forma, não parecia doente. Era loira, de pele bem clara; sempre usava saia curta e tinha requebros para provocar fregueses. Não devia ter mais de quinze anos. Todas as tardes ela passava em frente à escola. Ia para uma boate de terceira classe, na avenida Santo Amaro. Lá ela tomava banho, perfumava-se, arrumava os

SEXO
24
HORAS
STRIP

cabelos, pintava-se... Virava outra garota. Ninguém diria que vivia com dificuldades numa favela. Os fregueses daquela boate também não eram exigentes. Queriam divertir-se, satisfazer suas fantasias e recalques sexuais, transar com as garotas. As meninas, instruídas pelo cafetão, tinham um comportamento profissional. Faziam apenas o que precisava ser feito para manter a freguesia. Se ficassem envolvidas sentimentalmente, eram despedidas. Se aceitassem alguma gorjeta além do que os clientes pagavam ao cafetão, também perdiam o emprego. Ganhavam um salário mínimo, não importando o número de clientes que recebiam. Aliás, se tivessem poucos clientes, mostrando com isso que não eram do

agrado dos freqüentadores, o dono do negócio as dispensava.

Vida muito dura aquela das meninas do bordel que chamavam de boate. Havia música. Música de toca-fita. E havia bebida, muita bebida: cerveja, vinho, cachaça, uísque etc. E drogas de todos os tipos, desde o craque até o haxixe. Quando a polícia aparecia na boate, as garotas menores de idade sumiam, escondendo-se nos fundos do quintal.

Voltando de manhã para a favela, Ritinha sempre trazia algum dinheiro para a dona do barraco. Tomava café e, depois de satisfazer seu amante, um vadio, filho da proprietária do barraco, ia dormir. Só acordava à tarde, para voltar à boate.

Um dia, um cliente que parecia gostar da garota lhe propôs um negócio. Entregar a droga para alguns clientes especiais na zona sul.

– Negócio seguro, sem risco nenhum. Deixa comigo. Você ainda é de menor, está protegida pela lei. Mas tem regras. Você sabe. Se topar, tem que trabalhar só pra mim. Esquecer a boate. São duas entregas por dia. Pago vinte reais cada uma.

– E meu emprego na boate?

– Esquece. Você sabe que o dono é meu amigo. Falo com ele. Tem muitas garotas lá querendo o emprego.

Desde aquele dia, Ritinha passou a percorrer vários estabelecimentos em que a droga era vendida: bares, casas noturnas, pensões, barracas de jornal etc. Danilo, o novo patrão, a conduzia de carro até as proximidades do local de entrega e ficava aguardando o retorno de Riti-

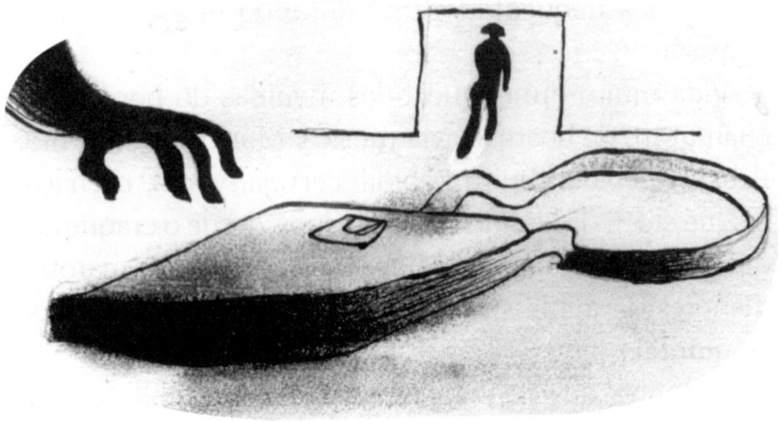

nha. Ele não se envolvia. Ficava observando tudo de longe. Se houvesse problema na entrega, ele fugiria sem dúvida, e a garota, se fosse presa, iria para a SOS Criança, porque era menor. De lá sairia facilmente, pois os traficantes não gostariam que ela fosse pressionada para denunciá-los. Ritinha sabia que quanto menos perguntas fizesse a Danilo, seria melhor para ela. Mesmo sem informações diretas dele, percebeu que entrara numa rede complicada de distribuição de drogas. Quem fornecia a droga para Danilo? Quantos distribuidores, chamados "aviões", como ela, trabalhavam para ele?

Danilo devia ter no mínimo sete carros, um para cada dia da semana, para despistar. Ele sempre agia de longe. E variava de roupa. Ela também recebia dele trajes diferentes, para não ser vista sempre do mesmo jeito. Pouco antes da entrega, Danilo conversava em código pelo celular com os clientes, combinando a entrega que seria feita por Ritinha, marcando o local, a hora exata, e descrevendo a entregadora. Vestida como estudante, com a bolsa escolar a tiracolo, era uma garota normal, que não chamava a atenção. Entregava a bolsa escolar e recebia um pequeno envelope fechado, que dava às escondidas para Danilo. Este a levava perto da favela e já combinava onde ela devia estar esperando para o próximo serviço.

A vida de Ritinha melhorou e ela passou a viver em quarto alugado numa pensão nas proximidades da rodoviária do Jabaquara. Só via Danilo para as tarefas ligadas à entrega da droga. Sentia falta dos clientes e do sexo. Mas aproveitou para ir a um médico, pois sentia-se fraca, com dores pelo corpo. Depois de alguns exames, o médico lhe disse que estava com AIDS e precisava tratar-se. Deu-lhe uma carta para receber os remédios num posto público de Saúde. Eram quatro remédios diferentes que ela devia tomar, um coquetel, como se dizia.

Mas os investigadores da polícia já haviam colhido elementos para capturar Ritinha. Um dos compradores da droga, preso, fizera a descrição dela e, quando Danilo entrou em contato para a entrega do material, a polícia também ouviu o recado. Imediatamente, fizeram a campana no local e prenderam Ritinha.

Ritinha, que inclusive portava uma cópia da certidão de nascimento, provou que era menor, tinha 17 anos. Negou tudo, conforme havia aprendido com os traficantes. Não sabia de nada. Estava apenas fazendo um favor a um homem que ela nem conhecia etc., etc. Os investigadores não acreditaram. Já tinham provas do envolvimento dela. Ritinha apanhou muito. E acabou confessando. O dono da boate para o qual ela havia trabalhado também foi preso e, por ele, outros figurões da droga passaram a ser procurados. Ritinha foi encaminhada pelo juiz para uma casa de recuperação de menores infratores. Ficou por uns dias na enfermaria da instituição, pois estava muito fraca, com febre. Ela sabia que os traficantes a procurariam. Sua vida estava em perigo: ela era um arquivo que precisaria ser queimado. Mesmo na enfermaria, os traficantes a encontrariam.

Temas transversais

Ética

Todas as personagens da história têm mau comportamento. Não se guiam pelas leis nem pelos mandamentos religiosos. Seguem seus vícios e as más companhias. Dizemos que não possuem ética, ou seja, não revelam respeito mútuo, não parecem ter noção de justiça, não dialogam para resolver seus problemas, não são solidários, mas interesseiros. É verdade que não se pode atribuir apenas a elas essa falta de moral ou de compromisso com a lei; a pobreza, a miséria e o abandono em que sempre viveram também são fortes causas.

É possível extrair da leitura da história de Ritinha, em que as personagens representam pessoas sem ética, ensinamentos práticos para a vida?

Meio Ambiente

O meio em que as personagens da história vivem é degradante. Além da pobreza e promiscuidade das favelas, a exploração do sexo, o aviltamento das meninas, há o comércio de drogas, os vícios, os crimes.

Segundo a história de Ritinha, que pessoas eram responsáveis pelo tráfico de drogas?

Saúde

A saúde das pessoas depende sempre da maneira como vivem. As condições de vida e as influências do meio causam fome, desnutrição, doenças sérias. A recondução das pessoas a uma vida saudável é muito difícil.

Como evitar doenças graves nas relações sexuais?

Orientação Sexual

Em meio a tantos problemas, só um grande esforço das autoridades poderia tentar uma reeducação. Há muitas pessoas desejosas de ajudar; mas não têm recursos para o amplo empreendimento. A prevenção é sempre um caminho. Nas famílias, nas escolas, as crianças e os adolescentes devem refletir sobre o correto comportamento sexual. O exercício da sexualidade implica, além do prazer, a responsabilidade dos atos.

A quem compete dar orientação sexual às crianças e aos jovens? À família, à escola, às autoridades? Por quê?

O Incêndio

Terminado o curso "Como Prevenir e Combater Incêndios", no SESC, os dois irmãos receberam o certificado. Miriam, com 14 anos e Severo com 16, não imaginavam que, mais cedo do que supunham, teriam que pôr em prática muito do que haviam aprendido no curso.

– Precisamos fazer algumas coisas importantes no apartamento – falou Miriam. – O tambor de gás, por exemplo, deve ficar fora da cozinha, se possível na varandinha que está sempre arejada.

– O que acho mais perigoso são os equipamentos elétricos, muitos dos quais estão ligados diretamente na mesma tomada. Papai precisa chamar um eletricista para providenciar as modificações, pois a capacidade de carga de cada tomada é limitada.

– E os chuveiros elétricos? Temos três e desconfio que, para que os três possam funcionar ao mesmo tempo, temos que alterar as instalações elétricas...

Graças à iniciativa dos filhos, os pais providenciaram muitos consertos e reformas.

Moravam no quinto pavimento de um prédio de apartamentos de dez andares. Em cada pavimento, os apartamentos estavam dispostos de um lado e outro de um corredor. Dois elevadores estavam a serviço dos condôminos. Uma porta lateral em cada andar dava acesso às escadas.

Havia também uma caixa com extintores de incêndios e mangueira apropriada para a emergência. No último andar, várias caixas d'água, uma delas reservada apenas para abastecer as mangueiras na emergência de um incêndio.

Miriam e Severo julgavam-se relativamente seguros onde moravam. A empregada tinha seus aposentos e costumava passar a roupa numa pequena despensa.

– Se você sair – disse a mãe dos meninos à empregada – não se esqueça de fechar bem a porta e deixar os aparelhos e o fogão desligados.

Miriam e Severo foram com os pais visitar uns parentes em Jundiaí. Na volta, pararam num centro de recreação. Quando retornaram, eram vinte e duas horas.

Aparentemente, estava tudo bem na entrada do prédio. Tomaram o elevador e, no quinto pavimento, tiveram um susto. Por baixo da porta de entrada do apartamento, saía fumaça.

– Vamos abrir a porta só um pouco – orientou Severo.

– A fumaça está aquecida e, saindo em quantidade, pode incendiar tudo aqui no corredor.

Abriram só um pouco a porta, mas foi o suficiente para que muita fumaça invadisse o corredor. Agindo rapidamente, Severo entrou na sala e, arrastando-se pelo chão onde havia menos fumaça, abriu as janelas da sala que davam para fora. Voltou correndo, tossindo.

– Chamem urgentemente os bombeiros! – gritou Miriam para os pais.

Severo e Miriam entraram na sala, abriram as torneiras e, embebendo toalhas na água, envolveram a cabeça e o corpo. Depois de terem aberto todas as janelas e vitrôs dos quartos, Severo arrombou a porta da pequena despensa. Dali é que vinha toda a fumaça. Já havia fogo

devorando a mesa e os armários. Miriam acendeu uma lanterna e Severo foi desligar a energia elétrica. Depois, cada um empunhando um extintor, entraram na despensa e lançaram os jatos de espuma sobre o fogo e sobre os móveis aquecidos. A empregada havia esquecido o ferro elétrico ligado. O ferro ficou incandescido, como uma brasa viva. A mesa e os panos foram tomados pelas chamas. Como a porta da despensa estava fechada, a fumaça concentrada no quarto foi-se adensando e aquecendo e, por ela, o fogo atingiu a cama e os móveis de madeira. De vez em quando os dois irmãos saíam para respirar melhor. Depois voltavam para continuar o trabalho.

Mas Severo estava exausto. Miriam percebeu e pediu que ele ficasse no corredor. Ela terminaria o serviço. Os bombeiros chegariam logo. Severo, que havia aspirado muita fumaça, foi socorrido por um vizinho que o colocou na cama e telefonou para o hospital, pedindo uma ambulância.

Miriam, decidida, agiu conforme as instruções que aprendera no curso do SESC. Abriu a caixa em que estava a mangueira, desenrolou-a, colocou o bico apropriado e entrou no apartamento. A mangueira era bem comprida. Depois, conservando o bico bem firme nas mãos, abriu o registro. O jato de água jorrou com fartura. Miriam dirigiu o jato para todos os pontos da despensa em que ainda havia fogo, foi movimentando o jato para a direita e para a esquerda, sempre na base do fogo. Ainda jogou muita água nas paredes aquecidas. Embora também afetada pela fumaça e pelo trabalho, fechou o registro da água e recolheu a mangueira.

Quando os bombeiros e os pais dos dois garotos chegaram, o fogo estava dominado. Mas a fumaceira pelos cômodos do apartamento e pelos corredores era grande. Os moradores dos outros apartamentos estavam alvoroçados e seguiam, à distância, o trabalho corajoso de Miriam. Os bombeiros passaram a tomar conta do que ainda devia ser feito.

A ambulância chegou e, embora a contragosto, Severo foi levado para o pronto-socorro. Miriam e os pais foram com ele.

Temas transversais

Ética

O que se diz é importante; mas ainda mais importante é o que se faz para ajudar o próximo. Esse é um ensinamento precioso, pois a solidariedade é característica do comportamento ético. A escola e a família devem dar o espaço necessário e a orientação para que as crianças e os jovens tenham a disponibilidade para ajudar os que precisam. Os dois garotos, Miriam e Severo, aprenderam na escola (SESC) o que se deve fazer na emergência de um incêndio. E tiveram a ocasião de pôr em prática o que a escola lhes ensinou.

O que se aprende na escola pode ter sempre uma aplicação prática, direta ou indiretamente? Faça uma apreciação crítica.

Meio Ambiente

Todo cidadão deve estar preparado para atuar em seu ambiente social, onde é importante preservar o bem-estar de cada um, da família e de toda a comunidade. Ora ajudando a proteger a fauna, a flora, ora valorizando os bens públicos, participando de movimentos comunitários que promovem a limpeza das ruas e praças, combatendo os que destroem ou picham... Logo que terminaram o curso no SESC, Miriam e Severo promoveram reformas em sua própria casa – esse o espírito de ação de quem tem um comportamento ético.

Num condomínio onde muitas famílias convivem, é importante que todos promovam o diálogo entre si e se ajudem mutuamente?

Saúde

É claro que a saúde é decorrente de um comportamento correto. Evitar os perigos, como no caso do incêndio, é um exemplo. Um vizinho cuidou de Severo e chamou a ambulância. Os bombeiros fizeram o trabalho final no apartamento para que a fumaça não prejudicasse os moradores. Como preservar a saúde é o tema permanente nas escolas para debates e exercícios de redação.

Os alunos devem pesquisar sobre as medidas e procedimentos a serem praticados para socorrer pessoas no caso de incêndios.

Trabalho

Os bombeiros são os profissionais que mais admiramos, por força do serviço que prestam à comunidade com seu trabalho especializado e de alto nível. Todos têm os bombeiros como heróis. Merecidamente, pois correm muitos riscos e são, por vocação, excelentes colaboradores das comunidades. Os profissionais que abraçaram uma profissão por vocação e se prepararam devidamente para prestar serviços são exemplos que as crianças e os jovens devem seguir.

Você já está pensando em sua futura profissão? Discuta com os colegas esse problema.

HILDEBRANDO A. DE ANDRÉ

Sempre fui professor, sempre gostei de escrever. Eis minhas duas profissões, minhas duas tarefas.

Nasci em Monte Alto (SP), cidade muito pequena na ocasião. Tenho muitas lembranças de lá. Depois mudei-me para outras cidades, freqüentei outras escolas, buscando uma profissão. Cursei Letras Clássicas, Filosofia, Direito. Viajei pelo exterior, na ânsia de aprender mais... Mas acabei percebendo que meu destino era ser professor e escrever. É o que faço até hoje. Interiormente sinto-me realizado. Casei-me, tenho seis filhos e já apareceram alguns netos.

Quando escrevo, penso nos meus leitores. O que escrevo a eles são sempre ocultos pedaços da minha vida. Pessoas, coisas, fatos que deixaram suas marcas. Não invento gratuitamente. Reconto, criando em termos de ficção. Tenho certeza de que, por essa recriação, volto a conversar com as pessoas a quem mais quero: os estudantes de todas as idades. Lendo-me, dialogam comigo de algum modo. De ouvidos atentos, ouço e me sinto bem.

Meus contos sempre falam da realidade, do que nos envolve no dia-a-dia da vida. Coincide com o novo estilo dos textos preconizados para a escola, conforme a orientação oficial dos Parâmetros Curriculares Nacionais de Língua Portuguesa (PCNLP). Mais do que nunca, a leitura passa a ser um instrumento de interpretação da realidade e de atuação sobre ela. Uma arma poderosa do cidadão.